LA BATALLA FINAL
DE ASH

Penguin
Random House
Grupo Editorial

Título original: *Pokémon. Ash the Champion*

Primera edición: septiembre de 2024

© 2024 Pokémon. © 1995-2024 Nintendo / Creatures Inc. / GAME FREAK inc. TM, ®,
and character names are trademarks of Nintendo.
Todos los derechos reservados
Publicado por Penguin Random House Grupo Editorial, S. A. U.
Travessera de Gràcia, 47-49. 08021 Barcelona
Traducido por Alícia Astorza Ligero

Printed in Colombia - Impreso en Colombia

ISBN: 978-84-10050-31-0

LA BATALLA FINAL DE ASH

CELEBRA LA VICTORIA DEFINITIVA DE ASH

¡EL ÚLTIMO COMBATE DEL ENTRENADOR!

¡CONOCE AL EQUIPO POKÉMON!

GOH

ASH

PIKACHU

LUGIA

ROSERADE

CINDERACE

GARCHOMP

GENGAR

RILLABOOM

DRAGONITE

ÍNDICE

Capítulo 1

Ash Ketchum estaba durmiendo a pierna suelta en la enorme cama de su habitación de hotel, con Pikachu amodorrado a su vera, cuando la alarma los despertó. Todavía soñoliento, el Pokémon cayó al suelo con un golpe sordo.

−¿Pika? −musitó.

Ash se levantó y vio a Goh sentado junto a la ventana.

−Ey, Goh −dijo−. ¿Ya estás despierto?

−Sí −respondió−. ¡Y cuento contigo para que ganes las semifinales!

Y entonces cayó en la cuenta. ¡Era el gran día! Había llegado a las semifinales del gran Torneo de los Ocho Maestros de la Serie Mundial de Coronación, ¡y estaba a unos pocos combates de levantar el trofeo y llevarse el título de mejor Entrenador Pokémon de todo el mundo!

Ya en el estadio, cuando las semifinales estaban a punto de empezar, Ash se preparó para el combate en el túnel que conducía al campo de batalla. Estaba nervioso, pero lo tranquilizaba el hecho de hallarse rodeado de sus Pokémon. Se volvió hacia ellos y respiró hondo.

—¡Bueno! ¡Por fin estamos aquí! —exclamó el joven Entrenador—. ¡Cuento con vosotros!

Pikachu, Lucario, Sirfetch'd y Gengar lo celebraron y dieron un paso al frente. En el estadio, el público vitoreaba a viva voz. Goh y Grookey observaron a Ash desde las gradas cuando salió al campo acompañado de un aplauso estruendoso. La voz del comentarista resonó por el estadio:

—¡Demos la bienvenida a Ash Ketchum, que se sitúa en el octavo puesto de los Ocho Maestros!

Ash se colocó en su posición, en el centro del campo, y Pikachu levantó la vista hacia él. Estaba nervioso pero ilusionado.

—Y ahora, en el segundo puesto de los Ocho Maestros —continuó el comentarista—, demos una calurosa bienvenida a Cintia.

Cintia se puso al lado opuesto de Ash. La Campeona de la Liga Pokémon de Sinnoh iba vestida de negro de la cabeza a los pies, y la larga melena rubia le caía en cascada sobre los hombros.

Paco Legiado, el árbitro, se colocó entre ambos y les recordó las normas:

—Las semifinales consisten en un combate completo de seis contra seis. No hay límites de tiempo ni de cambios de Pokémon —dijo, y su voz se oyó bien alta en todo el campo—. ¡El ganador será quien deje fuera de combate a los seis Pokémon de su contrincante! Además, cada contendiente solo puede usar una vez la mecánica Dinamax, el Movimiento Z o la Megaevolución.

Había llegado el momento de empezar el combate.

—Muy bien. Contrincantes, ¡enviad a vuestros Pokémon al campo! —continuó Paco Legiado. Ash y Cintia sacaron su primera Poké Ball—. Tres, dos, uno... ¡Adelante!

Ash lanzó al aire su Poké Ball.

—¡Dragonite, te elijo a ti! —gritó.

Cintia también sacó a su Pokémon:

—¡Spiritomb, sacude el mundo!

El Pokémon grande y naranja de Ash apareció con un estallido de luz. Delante de él, Spiritomb aterrizó en el suelo con un sonido sordo. Su aspecto recordaba al de una roca. De pronto, una humareda violeta salió de él, y de entre la niebla emergió una cara sonriente. Ash y Pikachu ahogaron una exclamación.

—¡Parece que la primera opción de Cintia es el Pokémon Prohibido, Spiritomb! —narró el comentarista por los altavoces.

El público estaba alucinando. ¡Cintia tenía el control del campo! Ash respiró hondo y se preparó para luchar.

—¡Mi Dragonite no perderá ante ningún Pokémon que saques! —afirmó.

—¡Que comience... el combate!

Ash no malgastó ni un segundo y le indicó a Dragonite que usara Cometa Draco. Sin embargo, antes de que pudiera atacar, ¡Spiritomb lo derrumbó con Golpe Bajo! Dragonite se recuperó y volvió al ataque, y una lluvia de meteoritos cayó alrededor de su rival. De todos modos, cuando se disipó el polvo, el Pokémon estaba ileso.

—¡Está riéndose! ¡Spiritomb hace una exhibición de su poder! —dijo el comentarista. Dragonite voló por los aires y estaba a punto de usar Garra Dragón cuando Spiritomb le golpeó con Hipnosis. ¡Y el gran dragón cayó al suelo como un saco de patatas!—. ¡Se ha quedado dormido!

Cintia aprovechó que el Pokémon de su rival estaba inconsciente.

—¡Usa Comesueños!

Spiritomb expulsó una nube de gas rosado y le absorbió toda la fuerza a Dragonite mientras este dormía. Pero el Pokémon Dragón aún no se había rendido, así que Cintia continuó:

—¡Comesueños sin parar!

Spiritomb volvió a atacar. Cuando la nube rosa se despejó al fin, Paco Legiado, el árbitro, fue a ver cómo estaba Dragonite.

—¡Dragonite está fuera de combate! —anunció.

Mientras el público aplaudía a Cintia, Goh sacudió la cabeza con tristeza. Habían eliminado al primer Pokémon de Ash, pero quedaba mucho combate. Para sorpresa de todos, Cintia retiró a Spiritomb. Ash sacó al campo de batalla a Gengar, y Cintia a Roserade.

Roserade atacó con fuerza y rapidez usando Recurrente, un movimiento que lanza una ráfaga de semillas hacia el rival, pero Ash reaccionó enseguida y le dijo a Gengar que usara Bola Sombra y así consiguieron que las semillas prácticamente no surtieran efecto.

—¡Ahora Fuego Fatuo! —exclamó Ash.

—¡Lluevehojas, venga! —gritó Cintia.

Pero Roserade se había quemado con el Fuego Fatuo de Gengar y a partir de entonces iría perdiendo fuerza a medida que avanzara el combate.

—¡Roserade, vuelve! —ordenó.

Ash se quedó boquiabierto. ¡El estilo de combate de Cintia era muy singular!

—¡Gengar, prepárate! —le pidió Ash. No sabía qué

pasaría a continuación, pero se llevó una buena sorpresa cuando Cintia volvió a sacar a Spiritomb–. ¡Otra
vez no! –gruñó–. ¡No, no permitiré que Hipnosis y Comesueños terminen con mi Pokémon otra vez! ¡Usa
Brillo Mágico!

–¡Golpe Bajo! –exclamó Cintia.

Ambos Pokémon sufrieron daños y cayeron al suelo, pero, al cabo de unos momentos de mucha preocu-
pación, los dos se levantaron.

–¡Dales una lección, Gengar! –gritó Ash, pero de
pronto Gengar empalideció y cayó de nuevo.

–¡Oh, no!

–¡Gengar está fuera de combate! –anunció enseguida el árbitro.

–¡Spiritomb ha conseguido derrotar a Ash por segunda vez! ¡Parece que sustituir a Roserade ha sido

muy buena decisión! —resonó la voz del comentarista por todo el estadio.

Ash devolvió a Gengar a su Poké Ball, y Cintia cambió de nuevo de Pokémon. Esa vez sacó a Togekiss. Desde las gradas, Goh lo buscó en su SmartRotom:

—Togekiss, el Pokémon Festejo. Es de tipo Hada y Volador —indicó el dispositivo—. Se dice que su mera existencia trae buena suerte. Se le simboliza en amuletos desde tiempos antiguos.

El joven de Pueblo Paleta sabía que no podía permitir que Cintia controlara el ritmo del combate. Necesitaba un Pokémon de absoluta confianza. Miró a Pikachu, que estaba a su lado.

—Muy bien, colega. ¡Te toca a ti!

—¡Pikachu! —exclamó él, entusiasmado.

El combate continuó. Primero Pikachu usó Rayo, y el Togekiss de Cintia atacó con Tajo Aéreo mientras planeaba por todo el estadio esquivando los golpes de su contrincante. Impactó en Pikachu en su primer disparo, y el Pokémon de tipo Eléctrico cayó de espaldas y dio una voltereta en el campo de batalla. Cintia no perdió el tiempo y volvió a atacar con Cabezazo Zen, y Pikachu no logró defenderse con Electrotela. Y, para seguir confundiendo a Ash, ¡Cintia cambió de Pokémon otra vez!

—¡Desde los mares embravecidos, adelante, Gastrodon! —ordenó.

Cuando apareció el Pokémon de cuerpo baboso, Ash supo que había sido una buena decisión.

Los movimientos de tipo Eléctrico no iban a tener ningún efecto sobre Gastrodon. ¡Cintia quería terminar con Pikachu cuanto antes!

—¡Tierra Viva! —exclamó la Entrenadora.

Pikachu se preparó para defenderse, pero se sobresaltó cuando el suelo empezó a elevarse bajo sus pies y se agrietó. ¡Una pequeña explosión sacudió el campo de batalla y lo hizo salir volando por los aires!

—¡Pikachu, salta! —dijo Ash, y se dio cuenta de que podían convertirlo en un movimiento de ataque—. ¡Usa Cola Férrea!

–¡Roca Afilada! –contraatacó Cintia enseguida.

Gastrodon creó un muro de piedras de la nada, pero Pikachu usó Cola Férrea para derrumbarlo y arremetió contra su oponente lanzándole las rocas. Gastrodon las paró todas, pero le costaba aguantar debajo de tanto peso.

–¡Parece que Gastrodon está absorbiendo el impacto! –anunció el comentarista.

Ash sabía qué tenía que hacer.

–¡Ahora usa Ataque Rápido!

—Pi... Pi... Pi... ¡PIKACHU!

El Pokémon Ratón se abalanzó sobre Gastrodon aprovechando que este no podía verlo. Las rocas se precipitaron al suelo, y entonces Gastrodon cayó hacia atrás.

El árbitro se acercó y asintió con la cabeza.

—¡Gastrodon está fuera de combate!

El público vitoreó a Ash por la primera pérdida del día de Cintia.

Pero el combate no había terminado. Ash aún tenía que vencer a cinco Pokémon de Cintia si quería llegar a la final. Esta devolvió a Gastrodon a su Poké Ball y sacó de nuevo a Spiritomb.

—Ha vuelto —dijo Ash—. Pikachu, se me ha ocurrido

una idea. ¡Vamos a probarla! ¡Gira sobre ti mismo y usa Rayo!

—¡PIKA!

¡Pikachu giró sobre su mano como si estuviera haciendo break dance! La electricidad que producía el Pokémon Ratón creaba un espectacular torbellino de relámpagos.

—Es demasiado pronto para celebrar la victoria con un bailecito —se mofó Cintia—. ¡Usa Hipnosis!

Spiritomb lanzó un rayo de energía, pero isu ataque quedó atrapado en el Rayo de Pikachu y no logró impactar contra su rival!

—¡Cintia! Cuando estuvimos en Sinnoh se nos ocurrió esta técnica de Contradefensa, y desde entonces hemos mejorado mucho —explicó Ash desde la otra punta del campo—. ¡Pikachu, usa Electrotela!

—¡Golpe Bajo! —contraatacó Cintia.

Pero la Electrotela de Pikachu era demasiado poderosa. Cubrió a Spiritomb y lo dejó inmóvil.

—¡Y ahora usa Cola Férrea! —añadió Ash.

Tras el ataque de Pikachu, Spiritomb cayó al suelo. Paco Legiado se acercó para ver cómo estaba. Mientras el público empezaba a celebrar la victoria de Ash, el árbitro observó al Pokémon más de cerca. De Spiritomb emergía un extraño humo negro, y Cintia esbozó una sonrisita.

—¡Es Mismo Destino! —anunció el comentarista.

Pikachu quedó envuelto en el humo negro y comenzó a sacudirse como si lo estuvieran atacando. Cuando cayó al suelo, Paco Legiado se acercó a examinarlo a él también.

—¡Spiritomb... y Pikachu... están fuera de combate!

Ash le dio una patada al suelo. A Cintia le quedaban cuatro Pokémon, mientras que él solo tenía tres. ¡Y sin Pikachu no podría usar su movimiento más fuerte, el Movimiento Z Gigarrayo Fulminante!

Capítulo 2

Los aplausos y los gritos de celebración del público se oían en todo el estadio, y Ash le dio unas palmaditas a Pikachu y le agradeció su trabajo:

—Colega, ¡lo has hecho genial! Ahora relájate y observa el combate.

—Pika...

Ash estaba listo para volver al combate, así que lanzó su siguiente Poké Ball hacia el campo de batalla.

—¡Dracovish, te elijo a ti!

—¡Adelante, Garchomp! —exclamó Cintia, lanzando también su Poké Ball—. ¡Vuela alto!

Los dos Pokémon de tipo Dragón aparecieron en el campo y se prepararon para el enfrentamiento.

—Hum, ¿tal vez sea el momento de usar la Megaevolución? —se preguntó el joven Entrenador—. ¡Garchomp, lo atacaremos de frente! ¡Usa Colmillo Hielo!

Dracovish corrió hacia su oponente mientras dentro del pico empezaba a formar hielo.

—¡Deja que se acerque a ti y entonces usa Garra Dragón! —ordenó Cintia.

Garchomp esquivó el Colmillo Hielo en el último momento y entonces se le iluminaron las garras como si fueran láseres. Su ataque impactó contra Dracovish y lo hizo retroceder. ¡Ash alucinaba con lo rápido que había sucedido todo! ¡Los movimientos de tipo Dragón eran supereficaces!

—¡Ahora usa Trampa Rocas! —gritó Cintia, y Garchomp empezó a girar sobre sí mismo como si fuese un tornado y lanzó unas piedras puntiagudas por todo el campo de batalla—. ¡Garchomp, vuelve! ¡Roserade..., adelante!

Ash ahogó una exclamación. ¡Había vuelto a cambiar de Pokémon! Pero ¿Roserade no estaba afectado por el Fuego Fatuo de Gengar? Cintia vio la confusión reflejada en la mirada de Ash.

—La habilidad de Roserade es Cura Natural —dijo—.

Cuando regresa a su Poké Ball, se cura de problemas de estado, como quemaduras o envenenamientos.

—Ah, y por eso lo has sustituido antes —entendió Ash, impresionado—. Vale, ¿cuál será mi siguiente movimiento? —se preguntó, y Dracovish dio unos puntapiés en el suelo, con ganas de atacar—. ¡Claro! ¡Branquibocado, venga!

El Pokémon de tipo Dragón se abalanzó sobre Roserade, pero cuando ya estaba en el aire Cintia le ordenó que atacara con Puya Nociva. De las manos de Roserade salió un rayo de luz violeta, que impactó de lleno contra Dracovish, y este se defendió mordiéndole las manos. Los dos Pokémon chocaron y salieron disparados hacia atrás a lados opuestos del campo de batalla.

—¡Vaya! ¡Ambos han sufrido daños! —observó el comentarista.

—¡Dracovish, no! —gritó Ash.

Pero ya era demasiado tarde. ¡Dracovish se había envenenado y poco a poco perdería fuerza!

—¡Dra! ¡Co! ¡Vish! —gruñó, enfadado. Quería ser él quien venciera a Roserade.

—¡Usa Lluevehojas! —ordenó Cintia, y su Pokémon creó un torbellino de hojas.

—¡Venga, Carga Dragón! —contraatacó Ash.

Dracovish corrió hacia Roserade, decidido a terminar con su oponente. Mientras aceleraba, a su alrededor se formó un campo de fuerza, que se abrió camino entre el ataque de Lluevehojas. Entonces se produjo una gran explosión, y Dracovish apareció entre el humo.

—¡Draco! —exclamó, contento.

Cuando el humo se disipó, Paco Legiado se acercó para ver cómo estaba Roserade, que no tenía buen aspecto.

—¡Roserade está fuera de combate! —anunció el árbitro.

El público enloqueció, y Cintia hizo regresar a su Pokémon y le dio las gracias.

—A pesar de estar envenenado, Dracovish ha conseguido ganar esta ronda. Pero ¡el envenenamiento ha venido para quedarse! —advirtió el comentarista.

Ash cogió su Poké Ball y extendió el brazo con determinación.

—¡Regresa! —ordenó.

Pero, para sorpresa del Entrenador, Dracovish esquivó la energía de la Poké Ball.

—¡Draco, draco, draco!

—¿En serio? ¿Te has quedado con ganas de combatir? —preguntó Ash—. Pues, venga, ¡continúa hasta que ya no puedas más!

Cintia lanzó su siguiente Poké Ball al aire.

—¡Milotic, espíritu del agua, adelante!

El precioso Pokémon de tipo Agua apareció en el campo de batalla.

—Esta vez terminaremos pronto, Dracovish, por tu propio bien —dijo Ash—. ¡De acuerdo, Carga Dragón!

De nuevo, Dracovish echó a correr hacia su oponente, pero Milotic se defendió con Voz Cautivadora y entonó una inquietante melodía, que ralentizó a Dracovish.

—¡Es un movimiento de tipo Hada, que tendría que ser supereficaz contra Dracovish! —explicó el comentarista.

Pero Dracovish continuó corriendo, esforzándose cada vez más para atacar. Milotic se lanzó sobre él y enroscó su cuerpo alargado alrededor del Pokémon Fósil. Además, como este aún estaba envenenado, iba perdiendo energía.

—¡Usa Cabeza de Hierro! —exclamó Cintia.

Mientras Milotic se preparaba para atacar de nuevo, Ash gritó:

—¡Branquibocado!

Los dos Pokémon chocaron, y el estadio entero se sacudió a causa del impacto. Cuando se disipó el humo, Dracovish estaba tumbado en el suelo inmóvil.

—¡Dracovish está fuera de combate!

Ash lo devolvió a su Poké Ball y le dio las gracias por el trabajazo que había hecho. Aunque estaba fuera de combate, el chico sabía que su último ataque seguramente le había provocado un daño considerable a Milotic. Y tenía claro qué Pokémon debía sacar a continuación.

—¡Sirfetch'd, adelante, te elijo a ti!

Apareció el Pokémon Pato Salvaje con su espada de puerro, listo para combatir. Pero inmediatamente recibió un impacto y cayó al suelo. En las gradas, Goh se levantó, perplejo.

—¿Eso ha sido Trampa Rocas? —preguntó. Era un movimiento muy astuto: consistía en esconder rocas invisibles en el campo de batalla para provocar daño al rival.

—¡Estamos viendo los efectos de Trampa Rocas en acción! ¡Ha hecho daño a Sirfetch'd en cuanto ha salido de la Poké Ball! —narró el comentarista.

El Pokémon se levantó e intentó recuperarse rápidamente.

—¡Tenemos que hacer algo! —se dijo Ash, y entonces se le ocurrió una cosa—: ¡Ah, sí! ¡Ya lo tengo! ¡Sirfetch'd, ataca! ¡Es hora de acabar con esas rocas! ¡Usa Giro Vil con tu escudo!

El Pokémon de tipo Lucha hizo exactamente lo que le pidió Ash: lanzó el escudo y este planeó por todo el estadio rompiendo las Trampa Rocas. Cintia, asombrada, le ordenó a Milotic que usara Hidrobomba, y de la boca del Pokémon salió un chorro de agua, que tiró el escudo al suelo.

—¡Ahora Corte Furia! —exclamó el chico.

Sirfetch'd atrapó el escudo en el aire y dio un salto hacia el frente. Su espada de puerro emitía un brillo verde.

—¡Cabeza de Hierro, venga! —indicó Cintia.

Los Pokémon chocaron en el aire, y Sirfetch'd consiguió derribar a Milotic. Entonces Cintia decidió usar Voz Cautivadora otra vez y Milotic entonó su melodía, pero Ash tenía un plan...

—¡Asalto Estelar!

Con ese movimiento especial, Sirfetch'd consiguió aguantar frente al ataque de Voz Cautivadora y continuó avanzando hasta que se abalanzó sobre Milotic, y entonces el Pokémon Tierno cayó al suelo con un alarido.

—¡Milotic está fuera de combate! —anunció el comentarista.

El público lo celebró y Sirfetch'd hizo una reverencia, orgulloso de su trabajo. En ese momento estaban empatados a dos.

Cintia devolvió a Milotic a su Poké Ball para que descansara y le dedicó una sonrisa a Ash.

—Tu solución a Trampa Rocas me ha impresionado. A medida que combatimos, me animo más y más, y por eso mismo quiero ganar y llegar a la final para luchar contra Lionel.

—El único problema es que ganaremos nosotros —afirmó Ash—. ¡Con este combate te eclipsaré del todo!

Cintia lanzó la Poké Ball de Garchomp al campo. Ash se detuvo durante un instante, preguntándose si debería usar la Megaevolución. Unos segundos más tarde, le ordenó a Sirfetch'd que usara Corte Furia, y este bajó la espada y se lanzó hacia Garchomp.

—¡Usa Ráfaga Escamas, adelante! —dijo Cintia.

—¡GARCHOMP!

Unas escamas relucientes salieron disparadas hacia Sirfetch'd, que las derribó a medida que continuaba avanzando. ¡El ataque de la Entrenadora de Sinnoh no había surtido ningún efecto!

—¡Garra Dragón! —ordenó Cintia enseguida.

Las garras de Garchomp se iluminaron de verde, pero justo entonces Sirfetch'd blandió la espada y les asestó un golpe directo.

—¡Usa Detección! —exclamó Ash.

Un movimiento de lo más inteligente para proteger

a Sirfetch'd de Garra Dragón. Garchomp intentó golpearle, pero sus garras solo atravesaron el aire.

—¡Asalto Estelar! —añadió Ash.

Pero, justo cuando los meteoritos de Sirfetch'd empezaban a caer del cielo, Cintia le indicó a su Pokémon que usara Cometa Draco. Una bola ardiente impactó contra Sirfetch'd y el estadio volvió a sacudirse por la explosión. Todavía notando el calor en la cara, Ash intentó ver quién había recibido mayores daños. El árbitro se acercó con su *hoverboard* para comprobarlo.

—¡Sirfetch'd está fuera de combate!

Sin embargo, el Pokémon Pato Salvaje estaba de pie, inmóvil.

—¡Sirfetch'd ha sido derrotado, pero se mantiene en pie! —narró el comentarista—. ¡Se niega a mostrarse abatido en el suelo! ¡La mismísima imagen de un caballero!

A Ash solo le quedaba un Pokémon. Para su sorpresa, Cintia hizo regresar a Garchomp. El Entrenador de Pueblo Paleta era consciente de que ya solo tenía una opción.

—¡Me queda un Pokémon! ¡Vamos allá! —exclamó el joven—. ¡Lucario, te elijo a ti!

El sexto y último Pokémon de Ash ocupó su lugar en el campo y el público aplaudió.

—¡Togekiss! ¡Adelante una vez más, por favor! —dijo Cintia.

Mientras en las gradas el público debatía sobre la estrategia que debía usar Ash contra Togekiss, el Entrenador de Pueblo Paleta tenía claro que atacaría con todas sus fuerzas.

—¡Puño Bala! —exclamó Ash, y Lucario corrió hacia Togekiss dando puñetazos al aire.

—¡Tajo Aéreo, venga!

Togekiss se alzó sobre el campo de batalla y arremetió contra él con unos rayos de energía blanca, pero... ¡Lucario esquivó el ataque a base de puñetazos! Su destreza con Puño Bala inutilizó por completo el ataque de tipo Volador.

—¡Salta, Lucario! —dijo Ash.

Este hizo lo que le pidió y, por primera vez, Togekiss pareció preocuparse.

El Pokémon Aura le asestó una serie de puñetazos a su contrincante hasta que finalmente este cayó al suelo.

Cuando Lucario retrocedió, ¡Togekiss se levantó de un salto como si no hubiera pasado nada! Cuando Ash le dijo a su Pokémon que usara Esfera Aural, al Pokémon se le iluminó una pata y de pronto apareció una esfera arremolinada.

—¡Tajo Aéreo! —ordenó Cintia.

De nuevo, Togekiss llenó el campo con su energía, pero Lucario usó Esfera Aural de escudo. Entonces se produjo otra explosión y el Tajo Aéreo hizo que Lucario y su Esfera Aural salieran volando por los aires. Cuando el Pokémon aterrizó, estaba tan cansado que tuvo que apoyar una rodilla en el suelo.

—¿Estás bien, Lucario? —preguntó Ash.

Este asintió y volvió a levantarse mientras el público lo animaba. Solo había necesitado coger aire.

—¡Tajo Aéreo otra vez! —dijo Cintia.

—¡Puño Bala, vamos!

Lucario asestó un centenar de puñetazos en cuestión de segundos... ¡Y esa vez pudo defenderse del Tajo Aéreo sin problemas!

—¡Buen trabajo, Lucario!

—¡Togekiss, vuelve! —ordenó Cintia de golpe.

Ash frunció el ceño. ¿Cambiaba de Pokémon otra vez? Pero entonces se fijó en que tenía algo reluciente en la muñeca. ¿Era... una Maximuñequera?

—¡Togekiss, aletea tus alas blancas! —dijo la Entrenadora, y la Maximuñequera se iluminó. La Poké Ball empezó a brillar y a crecer—. ¡Dinamaxízate!

Al lanzar la enorme Poké Ball, se produjo un estallido de luz y el cielo se tiñó de rojo. De repente, reapareció Togekiss y se hizo más...

... y más...

... ¡Y MÁS GRANDE!

Pronto llenó el estadio, y sus alas empezaron a abanicar a todo el público. Lucario lo observaba con valentía y fuerza, y Ash no pudo evitar esbozar una sonrisa.

—¡Lucario, vamos allá!

Capítulo 3

Mientras sus fans se preguntaban cuál sería su siguiente movimiento, Ash tenía clarísimo qué debía hacer. Levantó el puño y presionó el símbolo de su guante.

—¡Lucario, te toca! —dijo—. Por nuestro vínculo de amistad..., ¡Megaevolución!

El Pokémon rugió al sentir que el poder le recorría todo el cuerpo. Una luz resplandeciente y unas formas difusas enmascararon su transformación.

—Ash ha decidido enfrentarse a Togekiss Dinamax... icon Mega-Lucario! —exclamó el comentarista.

—¡Lucario, ataca con Esfera Aural! —le indicó el joven Entrenador a su Pokémon.

Sin embargo, Cintia reaccionó con rapidez y le ordenó a Togekiss que usara Maxiciclón.

—Toge... ¡KISS! —exclamó el Pokémon con una gran exhalación. Eso provocó un viento huracanado, que salió disparado hacia Lucario.

El Pokémon de tipo Acero invocó el poder de Esfera Aural en sus patas y se abalanzó hacia delante..., ¡de cabeza al torbellino! Y entonces hizo lo imposible: ¡escaló por el interior del ciclón hacia su contrincante! Cuando ya no podía avanzar más, le lanzó su Esfera Aural y salió disparado hacia el suelo, pero aterrizó de pie. La esfera fue a parar a unos pocos metros de la boca de Togekiss.

—¡Aplástala! —ordenó Cintia.

Togekiss juntó las alas e hizo trizas la Esfera Aural de Mega-Lucario. El público se sorprendió ante la fuerza de Togekiss, pero se empezaba a notar que el Pokémon había sufrido daños. Por otro lado, ¡parecía que comenzaba a sentir los efectos de la velocidad reforzada del Maxiciclón! Ash se dio cuenta de que era su momento.

—No hemos terminado. ¡Usa Puño Bala!

—¡Maxiciclón! —gritó Cintia.

Antes de que Togekiss Dinamax pudiera volver a coger aire, Ash le dijo a Lucario que saltara, y así esquivó el fuerte viento, que iba hacia él. Volvió a escalar por el tornado y se posó en la cabeza de Togekiss, donde liberó la fuerza de su Puño Bala.

¡Pam! ¡Pam! ¡Pam!

A Togekiss Dinamax le cayó una lluvia de puñetazos, y el enorme Pokémon cayó al suelo envuelto en una nube de polvo.

—¡Muy bien! —exclamó Ash, pero ¿acaso lo estaba celebrando demasiado pronto?

—¡Togekiss, ahora! —dijo Cintia, y el Pokémon se alzó en el aire sin perder su gran sonrisa.

Ash le indicó a Lucario que recargara su aura, y enseguida Cintia le pidió a Togekiss que usara Maxiciclón.

Cuando el fuerte viento impactó contra Lucario, Ash le dijo a su Pokémon que esperara. Este aguantó mientras cargaba más y más su aura, que cada vez era más grande, y el Pokémon la fue empujando hacia su contrincante.

—¡Venga, Togekiss, aplástala! —ordenó Cintia.

Pero era demasiado grande y fuerte para que la aplastara. ¡El aura estaba debilitando a Togekiss!

—¡Un ataque más y ya lo tendremos! —lo animó Ash, que ya podía sentir la victoria—. ¡Ataca con una Esfera Aural enorme!

La esfera impactó de lleno contra Togekiss, que cayó al suelo y recuperó su tamaño habitual. ¡Fue un golpe directo! Lucario y Ash cayeron de rodillas, agotados, pero el combate aún no había terminado. Habían vencido a Togekiss en su forma Dinamax, pero el Pokémon Festejo se levantó de un salto, lleno de energía.

—¡Parece que ambos Pokémon pueden continuar! —dijo el comentarista.

Los fans estaban asombrados de que Mega-Lucario se mantuviera en pie. Aunque Togekiss también había recibido muchos daños, se puso a volar alrededor del estadio para intentar marear a Lucario.

—¡Puño Bala! —gritó Ash.

Lucario intentó lanzar un ataque a Togekiss, pero se movía demasiado rápido y no consiguió darle.

—¡Togekiss, ahora! ¡Ataque Aéreo!

Sin embargo, antes de que pudiera hacer nada, Ash exclamó:

—¡Lucario, Doble Equipo!

Ese alucinante movimiento le permitió multiplicarse en ocho Lucario distintos. ¡A su contrincante le resultaría imposible golpearle!

—¡Enfréntate a él con Esfera Aura! —exclamó Ash.

Cada uno de los ocho ejemplares de Lucario produjo una esfera y la arrojó a Togekiss, pero solo uno de ellos era real. El verdadero Lucario lanzó su ataque, pero fue demasiado lento para el veloz Togekiss. Ash frunció el ceño, irritado. El Pokémon Aura estaba enfadado y, en cuanto su contrincante se le acercó, produjo un Puño Bala perfecto, que impactó de lleno contra él. Togekiss salió disparado al otro lado del estadio y cayó junto a Cintia en una nube de polvo. Paco Legiado se le acercó con su *hoverboard*.

—¡Togekiss está fuera de combate!

—¡Muy bien! —celebró Ash.

—¡PIKACHU! —se sumó su compañero.

En ese momento cada contrincante tenía un único Pokémon, y todo era posible. Cualquiera de los dos podría ser el que llegara a la final.

—¡Solo nos queda un combate! —dijo Ash—. Pikachu, ¡me parece que vamos a ganar a Cintia!

La campeona de Sinnoh extendió el brazo con su última Poké Ball y la lanzó al aire. Garchomp salió de la esfera y aterrizó en el campo de batalla.

—¡Garchomp, Ráfaga Escamas! —ordenó.

Su Pokémon se elevó y empezó a lanzar escamas afiladas.

—¡Lucario, salta! —ordenó Ash, y Lucario salió disparado hacia arriba—. ¡Ahora usa Puño Bala!

El Pokémon de tipo Lucha asestó una serie de puñetazos y cuchillazos para apartar todas las escamas que se dirigían hacia él.

—¡Genial, Lucario! ¡Ahora ataca con Esfera Aural!

Un orbe azul se materializó en el aire y Lucario lo lanzó hacia su rival. La lluvia de escamas no se había detenido, y unas cuantas impactaron de lleno contra la esfera. Todo se quedó quieto durante un momento... ¡y entonces Esfera Aural y Ráfaga Escamas se anularon mutuamente con una explosión que impulsó hacia atrás a ambos Pokémon hasta que cayeron al suelo!

Ash sabía que cada movimiento contaba, así que

cuando Cintia usó Garra Dragón él le devolvió el ataque con Puño Bala. Y los dos Pokémon se encontraron en el centro del campo, repartiéndose golpes el uno al otro.

—¡Son unos golpes muy fuertes! —dijo el comentarista, cuya voz resonó por todo el Estadio de Ciudad Puntera—. ¡Aun así, ninguno de los dos cede ni un centímetro!

Garchomp y Lucario asestaban puñetazos, esquivaban ataques, arañaban y aporreaban al otro..., pero el combate estaba muy igualado. Al final los dos tuvieron que retroceder para recuperar el aliento.

—¡Ambos contendientes han llegado a su límite! —continuó el comentarista—. ¡Será cuestión de ver cuál de los dos se queda sin fuerzas antes!

—¡Adelante, Garra Dragón! —le ordenó Cintia a su Pokémon.

—¡Inversión! —replicó Ash.

Mega-Lucario soltó un gruñido aterrador y quedó envuelto en unas llamaradas. Cuando golpeó a Garchomp, el poder atravesó el cuerpo de su rival... y entonces ambos Pokémon cayeron al suelo.

El estadio entero se quedó en silencio.

Ash esperó, conteniendo el aliento.

Cintia estaba inmóvil mientras observaba a su querido Garchomp.

El árbitro se acercó a los Pokémon.

—¡Garchomp está fuera de combate! —anunció, y Lucario se levantó poco a poco—. Esto significa que la victoria es para... ¡Ash Ketchum!

El público estalló en vítores... ¡y el ruido golpeó a Ash como si fuese un Puño Bala!

—Hemos ganado de verdad —se dijo a sí mismo cuando consiguió procesarlo—. ¡HEMOS GANADO DE VERDAD!

Capítulo 4

Por fin había llegado el día de la final del Torneo de los Ocho Maestros de la Serie Mundial de Coronación, y en el Estadio de Ciudad Puntera se respiraba un ambiente alucinante. Muchísima gente se había reunido alrededor del recinto y hasta se hizo un espectáculo de aviones, que tiñó el cielo de líneas de humo de colores para entretener al entusiasmado público.

Dentro del estadio, había llegado el momento de empezar el combate, y los dos contrincantes se estaban preparando para el enfrentamiento.

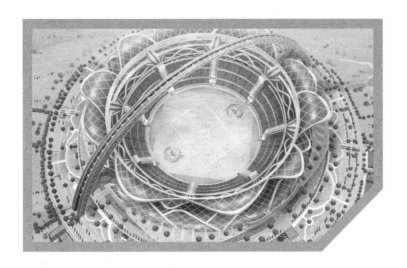

–Y ahora... ¡demos la bienvenida al campo de batalla a nuestros finalistas! –exclamó el comentarista.

El público rugió cuando presentó a Ash, que salió al campo vestido con su camiseta y gorra de siempre y acompañado de su amigo Pikachu. A continuación, apareció Lionel, que llevaba una capa por encima de su traje de combate. El público también animó al campeón vigente.

–¿Conseguirá Ash poner fin a la invencible racha ganadora de Lionel? –Las palabras del comentarista resonaron por las gradas del Estadio de Ciudad Puntera–. ¿O quizá Lionel renovará su título de perpetuamente invicto? ¡Este será el combate definitivo!

El árbitro, Paco Legiado, se acercó al centro del campo a toda velocidad en su *hoverboard*.

—La final consiste en un combate completo de seis contra seis —explicó—. No hay límites de tiempo ni de cambios de Pokémon. ¡El ganador será quien deje fuera de combate a los seis Pokémon de su contrincante! Además, cada contendiente solo puede usar una vez la mecánica Dinamax, el Movimiento Z o la Megaevolución...

—¡Alto! —lo interrumpió Lionel, y Ash y Paco Legiado lo miraron, confundidos—. ¡Una sola vez es muy aburrido! Atácame con las tres, ¿vale?

—¿Lo dices en serio? —preguntó Ash. ¿Acaso era una trampa?

—¡Es la prueba final de una competición a por todas! Quiero que nuestros Pokémon combatan con todo su poder. Y por eso quiero que tus seis Pokémon nos ataquen con todas sus fuerzas. ¡Dinamax,

Movimientos Z y Megaevolución! ¡Quiero combatir contra las tres mecánicas! −exclamó Lionel para que lo oyese todo el estadio−. ¡Quiero desafiarlas y vencerlas a todas! ¿Y tú? ¿No quieres ver un combate con todos los poderes?

El público lo celebró. ¡Ellos también querían presenciar una batalla alucinante! Paco Legiado, el árbitro, jamás había oído algo así y tuvo que tomar una decisión.

−¿Sí? Hum, ya veo −dijo, pensativo, y se volvió hacia los dos contrincantes−. Los oficiales a cargo de la Serie Mundial de Coronación aceptan la propuesta de Lionel. Ash, ¿estás de acuerdo?

De repente, Ash estaba aún más emocionado.

−¡Claro, suena genial!

−¡Pika!

El público los vitoreó, conscientes de que iban a

presenciar un combate espectacular, algo que no se había visto jamás.

—Pues muy bien. ¡Contendientes, enviad a vuestros Pokémon al campo! —continuó Paco Legiado—. Tres..., dos..., uno... ¡Adelante!

—¡Pikachu, te elijo a ti! —gritó Ash, y su Pokémon echó a correr hacia el centro del campo.

—¡Adelante, Cinderace! —dijo Lionel mientras lanzaba su Poké Ball, y de ella apareció el Pokémon de tipo Fuego.

—¡Cuento contigo, Pikachu! —exclamó Ash—. Quería que fueses el primero en pisar el campo.

—¡PIKACHU!

—¡Que comience... el combate!

Ash fue el primero en atacar: enseguida le ordenó a Pikachu que usara Rayo.

—¡Arenas Ardientes! —indicó Lionel.

Cinderace dio un fuerte pisotón en el suelo, y de la arena del campo se formó una esfera roja muy caliente, que se elevó en el aire. El Pokémon se impulsó, hizo un mortal y le dio una impresionante patada, que envió la esfera directamente hacia Pikachu. Cuando golpeó a su objetivo, el Pokémon Ratón salió disparado hacia atrás.

—¡Arenas Ardientes es un ataque de tipo Tierra y es supereficaz contra Pikachu! —explicó el comentarista al público—. En cambio, Cinderace está ileso tras el ataque de Rayo.

—Oye, Ash, ¿conoces la habilidad Líbero? —preguntó Lionel con una sonrisita.

—¿Líbero?

—Cuando Cinderace ataca, adopta el mismo tipo que el movimiento que está haciendo.

Ash tardó unos instantes en entender qué quería decir eso.

—O sea..., ¿que ahora tu Cinderace es de tipo Tierra? —preguntó, y Lionel asintió—. ¡Pikachu, vuelve!

El pobre Pikachu regresó hasta Ash preguntándose qué había hecho mal. Pero no era culpa suya. Si los ataques de tipo Eléctrico no funcionaban contra Cinderace, poco podría hacer él.

—Mira los combates de los demás, ¿vale?

—¡Pika! —exclamó, y se colocó detrás de Ash.

—¡Cinderace, vuelve! —gritó justo entonces Lionel, y al Pokémon le sorprendió que lo cambiasen tan pronto—. ¡Inteleon, adelante!

—¡Gengar, te elijo a ti! —dijo Ash.

Ambos Entrenadores lanzaron sus Poké Ball a la vez y los dos Pokémon aparecieron en el campo.

—¡Inteli!

—¡Gengar!

—¡Muy bien, usa Disparo Certero! —le indicó Lionel.

—¡Bola Sombra!

Inteleon extendió uno de sus largos y delgados dedos y disparó un rayo de luz láser. Justo cuando Gengar estaba empezando a crear una bola de sombras, ¡el rayo impactó de lleno contra él! Y eso lo puso de muy mal humor. Gengar dio media vuelta y lanzó la Bola Sombra.

—¡Abátelo! —ordenó Lionel, y su Pokémon le dio un golpe con la cola y destruyó la Bola Sombra con un solo movimiento—. ¡Ahora usa Pulso Umbrío!

De la mano de Inteleon salió un torbellino de poder, que fue directo hacia Gengar, pero este lo esquivó hundiéndose en un portal mágico, que acababa de crear para sí mismo.

—¡Acua Jet! —exclamó Lionel.

Inteleon empezó a girar sobre sí mismo y de sus pies salieron unos chorros de agua, que formaron un escudo protector para el Pokémon. ¡Ash reconoció el movimiento enseguida!

—¡Un momento! ¡Esta táctica giratoria se parece mucho a la estrategia que usó Pikachu en las semifinales! —dijo el comentarista.

Lionel rio y se encogió de hombros.

—Este movimiento es muy divertido, así que he decidido cogértelo prestado.

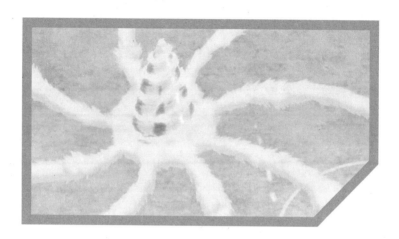

A medida que Gengar intentaba salir de su portal, los chorros de agua le golpeaban una y otra vez. El Pokémon Sombra se estaba empezando a cansar por culpa de ese movimiento especial, y, además, no tenía dónde esconderse. ¡Ash esperaba que al menos pudiera oír su voz por encima del ruido del agua!

—¡Usa Fuego Fatuo!

Gengar consiguió impulsarse muy arriba, aprovechando que en el aire no había agua, y arrojó varias bombas sobre el campo. Una de ellas impactó contra su objetivo y puso fin al Acua Jet de Inteleon, pero dejó tras de sí un rastro de vapor que impedía ver con normalidad.

—¡Gengar, vuelve! —indicó Ash, y sonrió cuando el Pokémon volvió a su Poké Ball con un rayo de luz—. ¡Vamos... a lo grande!

La esfera empezó a brillar y se volvió más grande. ¡Y Gengar Gigamax apareció en el campo!

—¡Disparo Certero! —ordenó Lionel, y esa vez Inteleon disparó con las dos manos.

—¡Gigaaparición! —exclamó Ash.

En el aire aparecieron varios objetos grandes, que amenazaban con caer sobre Inteleon: una bota, una mesa, dos sillas, una tetera y una taza. Inteleon los apartó con varios ataques de Disparo Certero. Luego disparó una vez más, y en esa ocasión golpeó a Gengar justo entre los ojos.

Inteleon intentó retroceder hacia su Entrenador, pero se encontró con que tenía unas anillas relucientes de color violeta en los tobillos. Parecía sorprendido.

—¡Como efecto secundario de Gigaaparición, Lionel no puede sustituir a su Pokémon!

Había sido un movimiento muy inteligente por parte de Ash, ya que obligaba a Lionel a seguir con Inteleon sí o sí.

—¡Pulso Umbrío! —dijo Lionel, y su Pokémon volvió a disparar.

—¡Maxiácido! —contraatacó Ash.

Gengar produjo un grito ensordecedor y escupió una sustancia viscosa lila, que inundó el campo de batalla hasta convertirlo en un lago. A medida que envolvía a Inteleon, este descubrió que del ácido salían unos chorros que intentaban golpearle. El Pokémon Agente fue saltando de un lado a otro para esquivarlos, pero al final lo rodearon por completo.

—¡Gengar, a por todas!

Al agitar la lengua, el gigantesco Pokémon consiguió crear más y más chorros del líquido viscoso, que salieron disparados hacia Inteleon, pero este los esquivó con un salto y contraatacó con Pulso Umbrío. El torbellino le dio de lleno en la boca a Gengar, y cuando Inteleon aterrizó en el campo recibió otro golpe de un chorro.

—¡Maxiácido ha asestado un golpe directo a Inteleon! —explicó el comentarista—. ¡Y Gengar ha recuperado su tamaño habitual!

Gengar era más pequeño, pero, aparte de eso, estaba ileso. El árbitro se acercó a examinar a Inteleon, que permanecía muy quieto.

—¡Inteleon está fuera de combate! —anunció Paco Legiado.

El público estalló en aplausos. ¡La primera victoria de la final era para Ash!

—¡Genial! —gritó el chico, alzando el puño.

Pero ¿qué Pokémon escogería Lionel a continuación? ¡Se lo veía muy animado!

—¡Vamos, Mr. Rime! —exclamó, y lanzó una Poké Ball.

El Pokémon apareció en el campo bailando claqué y haciendo piruetas con su bastón.

—¡Usa Bomba Lodo! —le dijo Ash a Gengar.

—¡Liofilización! —ordenó Lionel.

Gengar se impulsó hacia arriba y disparó una lluvia de Bomba Lodo, pero el movimiento congelante de Mr. Rime las convirtió en hielo antes de que terminaran de caer. Y cuando Gengar posó los pies en el campo de nuevo, ¡él también quedó congelado, como una escultura de hielo! Pero algo no encajaba. Mr. Rime estaba intentando congelar el resto del campo y no lo lograba.

—¡Parece que Mr. Rime no puede usar sus movimientos! —observó el comentarista, que seguía el combate con gran atención.

—¿Es la habilidad Cuerpo Maldito? —se preguntó Lionel. Eso querría decir que Mr. Rime no podría usar el movimiento Liofilización durante un rato. El chico se rio. Ya daba igual, puesto que su rival estaba congelado—. ¡Campo Psíquico!

¡El movimiento hizo que la potencia de los ataques de tipo Psíquico se incrementara! Mr. Rime se acercó hasta Gengar patinando y, con un golpecito del bastón, partió el hielo que lo rodeaba. El Pokémon gritó al liberarse del hielo y cayó al suelo, agotado. Se quedó allí, inmóvil.

—¡Gengar está fuera de combate! —resonó la voz del árbitro en todo el campo.

Capítulo 5

Tras perder a Gengar, Ash se tomó un tiempo para escoger a su siguiente Pokémon. El terreno estaba invadido por el hielo y Campo Psíquico, de modo que a algunos de sus Pokémon les costaría atacar a Mr. Rime. ¡Ash jamás había luchado contra un Entrenador Pokémon como Lionel!

—¡Sirfetch'd, te elijo a ti! —decidió. Lanzó la Poké Ball y el caballeroso Pokémon apareció entre una bruma reluciente.

—¿Un Pokémon de tipo Lucha? —se sorprendió Lionel.

Ante un Pokémon Psíquico, como Mr. Rime, Sir-fetch'd estaba en desventaja. Lionel parecía confundido, pero Ash sabía lo que hacía.

—Muy bien, Sirfetch'd, hay una cosa que solamente puedes hacer tú —habló Ash—. ¡Ha llegado el momento, usa Corte Furia!

El Pokémon asintió y echó a correr hacia delante empuñando la espada de puerro. Atacó a Mr. Rime una y otra vez como un auténtico espadachín, pero su rival esquivó los golpes fácilmente con su bastón. Los vítores del público le dieron fuerza a Sirfetch'd, y ¡al final blandió la espada y consiguió impactar contra Mr. Rime!

—¡Ha sido un golpe directo de Corte Furia, que es supereficaz contra los Pokémon de tipo Psíquico! —dijo el comentarista.

Ash vio su oportunidad.

—¡Giro Vil, ahora!

Sirfetch'd giró y giró sobre sí mismo con la espada empuñada hacia delante, creando un remolino letal.

—¡Páralos en seco! —ordenó Lionel.

Mr. Rime extendió las manos tranquilamente y agarró la espada sin sufrir ni un solo rasguño, y se rio ante la sorpresa de Sirfetch'd.

—¿Sir... Fetch'd? —dijo el Pokémon con tono de pregunta, pues no entendía qué estaba sucediendo.

—¡Vasta Fuerza! —exclamó Lionel.

Un rayo de energía violeta emergió del vientre de Mr. Rime y, como todavía estaba sujetando la espada de Sirfetch'd, impactó de lleno contra el Pokémon Pato Salvaje, que salió disparado hacia atrás con un grito.

—Sirfetch'd, ¿estás bien? —preguntó Ash, y el Pokémon asintió, con ganas de vengarse.

—¡Usa Triple Axel! —ordenó Lionel.

Mr. Rime volvió a girar sobre sí mismo, pero esa vez su contrincante había recuperado su escudo y pudo protegerse.

—¡Corte Furia! —gritó Ash, y Lionel se rio porque su Pokémon estaría preparado para el ataque—. ¡Es hora de cortar... el campo!

La sonrisa de Lionel se desvaneció. ¡Ash no iba a atacar a su Pokémon! Lo que pretendía era romper el hielo que había debajo de los Pokémon para deshacerse del Campo Psíquico. Sirfetch'd golpeó el suelo una y otra vez hasta que el hielo se agrietó... ¡y se rompió la energía de Campo Psíquico!

—¿RIME? —dijo Mr. Rime, confundido.

—Así que este era el motivo... —entendió Lionel, que en realidad estaba impresionado con su movimiento.

—¡Sirfetch'd, vuelve! —lo llamó Ash, y el Pokémon desapareció en el interior de su Poké Ball—. Tú vas a rematarlo —le dijo a otra Poké Ball antes de lanzarla al aire. Cuando apareció Lucario, el público lo celebró—. ¡Vamos, Lucario! —Ash levantó el puño y presionó el símbolo especial de su guante—. Por nuestro vínculo de amistad..., ¡Megaevolución! —exclamó, y una luz bañó a su Pokémon mientras se transformaba en Mega-Lucario—. ¡Usa Puño Bala!

—¡Triple Axel! —ordenó a su vez Lionel.

Mega-Lucario atacó con gran ímpetu, pero su rival se apartó a tiempo.

—¡Mr. Rime ha podido esquivar el ataque sin ningún problema! Incluso sin el Campo Psíquico, el hielo le da una ventaja increíble —observó el comentarista, y entonces Mr. Rime volvió a girar sobre sí y pilló a Lucario desprevenido cuando le asestó un golpe en la cabeza—. ¡Los tres ataques de Triple Axel han dado de lleno!

—¡Lucario, usemos tu aura! —dijo Ash, y el Pokémon cerró los ojos y su aura empezó a brillar—. Presiente sus movimientos. ¡Sí, así! —Mr. Rime se le acercó patinando—. ¡Acumula más aura!

Lionel sonrió. ¡Los movimientos de Ash siempre lo sorprendían!

—Me gusta. ¡Veamos si presientes a Mr. Rime! —exclamó Lionel—. ¡Usa Triple Axel!

Mr. Rime se le acercó por detrás, pero Lucario fue capaz de presentir el ataque incluso con los ojos cerrados. Cuando su contrincante saltó, Mega-Lucario le lanzó su aura e impactó de lleno. Una explosión sacudió el campo.

—¡Mega-Lucario contraataca! —siguió narrando el comentarista—. ¡Ha logrado presentir los movimientos de Mr. Rime!

Cuando se disipó el humo, Mr. Rime estaba tumbado en el suelo con los ojos cerrados.

—¡Mr. Rime está fuera de combate! —anunció Paco Legiado.

Ash levantó los brazos en gesto de victoria.

—¡Lo has conseguido, Lucario!

—¡PIKA!

Mr. Rime era el segundo Pokémon de Lionel que había sido eliminado. El Entrenador le dio las gracias y, a continuación, lo devolvió a su Poké Ball para que pudiera descansar.

—¡Ash, Lucario, eso ha sido impresionante! —gritó desde el otro extremo del campo.

—Gracias, Lionel. Confío plenamente en Lucario.

—¡Aquí va el siguiente! —exclamó Lionel, y lanzó otra Poké Ball al campo—. ¡Dragapult, adelante!

El Pokémon de tipo Fantasma apareció en el campo, y Ash tuvo que decidir rápidamente la estrategia que usaría contra él. Pensó que confundirlo sería un buen punto de partida.

—¡Lucario, Doble Equipo, vamos! —dijo.

Pareció que Lucario se multiplicaba en ocho versiones idénticas de sí mismo, y todas ellas corrieron hacia su contrincante con feroces rugidos. ¡Era imposible saber cuál era el Lucario de verdad!

—¡Usa Puño Bala! —añadió Ash.

Mega-Lucario volvió a transformarse en uno solo cuando estaba lo suficientemente cerca de Dragapult y desató Puño Bala a tal velocidad que el otro Pokémon no pudo hacer nada para esquivarlo, y terminó cayendo al suelo. ¡Lionel tenía que contraatacar!

—¡Lanzallamas! —ordenó.

De la boca de Dragapult salieron unas grandes llamaradas, pero Lucario se escudó. De todos modos, Ash era consciente de que su Pokémon necesitaba un descanso.

—¡Lucario, vuelve! —lo llamó enseguida—. ¡Ahora te toca a ti, Dracovish!

—¡DRACOVISH! —exclamó el Pokémon Fósil cuando apareció en el campo de batalla entre una nube de polvo.

—¡Vaya, se ha convertido en un enfrentamiento

entre dos Pokémon de tipo Dragón! —observó el comentarista.

Dracovish echó a correr hacia Dragapult, que le lanzó dos Dracoflechas, unos pequeños seres con cuerpo de dragón que viven en su cabeza. El primero impactó contra su objetivo, pero ¡Dracovish consiguió atrapar al segundo con la boca! Y la primera Dracoflecha no tardó en volver a atacar a Dracovish para liberar a su amiga.

—¿Estás bien, Dracovish? —preguntó Ash.

De pronto, la zona del vientre se le había iluminado y los pinchos que tenía en la barriga le estaban creciendo. ¡Ash no había visto nada parecido en toda la vida!

Era como si la colisión de los ataques de tipo Dragón hubiera despertado en él un poder que llevaba latente desde hacía mucho. Pero ¿podría Ash usarlo a su favor?

—¡Carga Dragón! —indicó Ash.

—¡Usa Rayo! —exclamó Lionel, y Dragapult lanzó un potente ataque hacia su contrincante, que le dio de lleno—. ¡Esperaba que mi Dragapult pudiera lucirse! ¡Vamos a acabar con esto!

Dragapult se lanzó contra Dracovish, pero entonces sucedió algo que nadie se esperaba: los pinchos de Dracovish se enlazaron entre sí para crear una especie de coraza. ¡Dragapult chocó contra ellos y rebotó hacia atrás! Mientras que el público enloqueció, el comentarista se había quedado sin palabras. Ash sabía que tenía que atacar ya.

—¡Muy bien, Dracovish, Branquibocado!

Dracovish sujetó a su oponente y le pegó un mordisco en la cabeza.

—¡Cómo le ha hincado los dientes! —exclamó el comentarista—. ¡Dracovish ha contraatacado, y Dragapult ni siquiera puede huir! —Los pinchos de Dracovish se habían cerrado alrededor del cuerpo de Dragapult, como si lo estuviera abrazando—. ¡Y ahora lo comprime con más fuerza!

A pesar de que Lionel había librado cientos de combates Pokémon, jamás había visto algo así.

—Cuidado, Ash. No deberías subestimar a Dragapult —le aconsejó—. ¡Usa Cola Dragón!

La cola de Dragapult se alargó muchísimo. Así podría atacar a Dracovish aunque estuviera atrapado, pero a Ash se le ocurrió una idea.

—¡No lo sueltes y usa Colmillo Hielo!

De la boca de Dracovish salió un aire gélido, que congeló a su presa empezando por la cabeza y luego bajó por todo el cuerpo..., pero no llegó a la punta de la cola. Dragapult sacudió el último metro de la cola y consiguió que Dracovish lo soltara y cayera al suelo. De pronto, el Pokémon Fósil se convirtió en una luz roja centelleante, como si fuese a regresar a su Poké Ball, y el Pokémon desapareció. La luz fue directa hacia Ash, pasó por detrás de él y volvió al campo, pero ¡esa vez el Pokémon que apareció fue Dragonite, que parecía muy confundido!

—¡Cola Dragón es un movimiento que devuelve al Pokémon rival a su Poké Ball y obliga a otro Pokémon a salir al campo! −explicó el comentarista por si alguien del público no lo sabía.

−¡Dragapult, sigues luchando contra uno de tipo Dragón! −exclamó Lionel−. ¡Dracoflechas!

De la cabeza de Dragapult salieron disparadas las pequeñas flechas, pero a Ash se le ocurrió una manera de deshacerse de ellas.

−¡Vuela alto y usa Danza Dragón!

Dragonite salió volando a la vez que giraba sobre sí y consiguió que las flechas rebotaran en su cuerpo todo el rato. Aunque intentaron golpearlo una y otra vez, ¡no lo conseguían!

−¡Ahora Garra Dragón! −añadió Ash.

Las garras de su Pokémon se iluminaron de color verde y este intentó apartar las flechas de un puñetazo, pero eran demasiado rápidas. De pronto, dieron media vuelta y se dirigieron hacia Dragapult, que estaba en el suelo.

−¡Síguelas, Dragonite!

Con un fuerte gruñido, el Pokémon se lanzó en picado hacia su contrincante.

−¡Cola Dragón! −exclamó Lionel.

La cola de Dragapult volvió a alargarse y emitió un brillo verde esmeralda, y entonces la agitó y golpeó a Dragonite en la cabeza. Igual que con Dracovish antes, el Pokémon se convirtió en una luz que fue directa a Ash..., ¡y luego apareció Mega-Lucario!

—¡Ha sucedido otra vez! En esta ocasión, Cola Dragón ha obligado a Mega-Lucario a salir al campo —gritó el comentarista, entusiasmado.

A Ash le costaba combatir así, sin saber con qué Pokémon iba a trabajar a continuación. A él le quedaban más Pokémon, pero era su rival quien marcaba el ritmo del combate. Ash respiró hondo y fijó la vista en Lionel.

—¡Lucario, vamos a terminar con esto! —dijo, decidido a ganar el combate—. ¡Puño Bala!

Lucario asestó una serie de puñetazos a Dragapult, pero este contraatacó con Rayo. Entonces Lucario intentó defenderse con Inversión, pero luego, cuando quiso usar Puño Bala de nuevo, se dio cuenta de que no podía moverse.

—¡Y Mega-Lucario ha quedado paralizado! —anunció el comentarista por los altavoces.

Lionel sonrió y le ordenó a su Pokémon que usara Lanzallamas, y Lucario cayó al suelo, derrotado, después de que las llamaradas de Dragapult le impactaran de lleno.

—¡Lucario está fuera de combate! —dijo Paco Legiado. Era la segunda victoria de Lionel, y los dos Entrenadores quedaban empatados con cuatro Pokémon restantes cada uno.

—¿Y ahora qué, Ash? Mi Dragapult puede llegar hasta el final —aseguró Lionel, que claramente estaba satisfecho.

Ash reflexionó durante un instante antes de escoger su siguiente Poké Ball.

—¡Dragonite, te elijo a ti! —exclamó, y el gran Pokémon naranja volvió a aparecer en el campo—. ¡Usa Vendaval, vamos! —le indicó, y su Pokémon se elevó y se puso a aletear hasta crear unos vientos huracanados—. ¡Genial, funciona!

Lionel tendría que usar una estrategia diferente si quería evitar que todos salieran volando.

—¡Lanza un Rayo gigantesco!

Dragapult emitió un gran chisporroteo de electricidad, que se propagó por todo el estadio, y, de pronto, las fuertes ráfagas de aire se detuvieron. ¡Había neutralizado Vendaval! Y Dragonite recibió el impacto del Rayo y cayó del aire.

—Vaya, ¿eso es lo mejor que puedes hacer? —se mofó Lionel.

—¡Vuela alto, Dragonite! —exclamó Ash, y su Pokémon se recuperó enseguida y se alzó en el aire a la vez que Lionel le ordenaba al suyo que volviera a atacar con Dracoflechas—. ¡Usa Cometa Draco! —añadió Ash.

Una bola de energía se formó en la boca de Dragonite y salió disparada como si fueran fuegos artificiales. Al explotar, una lluvia de pequeños meteoritos cayó sobre el campo.

—¡Dragapult, esquívalos a todos! —dijo Lionel.

Su Pokémon echó a volar, moviéndose de un lado a otro para esquivar los meteoritos, aunque las flechas no tuvieron la misma suerte. El ataque de Dragonite les impactó de lleno, pero Dragapult continuó acercándose a su contrincante.

—¡Dragonite, agarra a Dragapult! —indicó Ash, con la esperanza de que su plan funcionase. Dragonite abrazó con fuerza a su rival y ambos empezaron a caer en picado. Dragapult intentó usar Rayo, pero Dragonite no lo soltó—. ¡Ahora usa Cometa Dragonite!

Ambos cayeron al campo como si fuesen un misil. Cuando el polvo se disipó, la voz del árbitro resonó en todo el estadio:

—¡Dragapult está fuera de combate!

Ash suspiró, aliviado.

—¡Ash, eres sin duda el mejor del mundo! —exclamó Lionel—. ¡Rillaboom, vamos!

Y el enorme Pokémon de tipo Planta apareció en el campo de batalla y se puso a golpear su batería, listo para el combate...

Capítulo 6

—¡Dragonite, protégete bien! —dijo Ash, consciente de que Rillaboom tenía una gran fuerza.

Dragonite alzó el vuelo, listo para el combate.

—¡Batería Asalto, venga! —exclamó Lionel, y su Pokémon gruñó e hizo girar sus baquetas antes de golpear con ímpetu su batería especial.

Unas enredaderas marrones emergieron del suelo y salieron disparadas hacia Dragonite, quien desató un potente Vendaval, un movimiento supereficaz contra los Pokémon de tipo Planta, como Rillaboom.

—¡Vamos allá! —gritó Lionel, y Rillaboom empezó a golpear la batería el doble de rápido. Las enredaderas crecieron más y más hasta alcanzar a Dragonite, que estaba en el aire, y aporrearon una y otra vez al pobre Pokémon hasta que cayó al suelo.

—Dragonite, ¿estás bien?

Este se levantó y asintió. Lo único que había conseguido Rillaboom era enfadarlo más. ¡Y Dragonite quería vengarse! Una luz brillante le recorrió todo el cuerpo, y Ash recordó que uno de los efectos de Batería Asalto era que reducía la velocidad de su oponente.

—¡Usa Cometa Dragonite! —exclamó.

Dragonite se elevó y formó una bola de energía en la boca, y entonces la dividió en siete focos de energía más pequeños y se lanzó en picado hacia Rillaboom rodeado de sus meteoritos.

—¡Rillaboom, usa Batería Asalto! —ordenó Lionel.

Rillaboom RUGIÓ y comenzó a golpear la batería. De nuevo, unas enredaderas emergieron del suelo y salieron disparadas hacia Dragonite.

—¡Atraviésalas! —dijo Ash.

Los meteoritos impactaron contra las enredaderas, y estas se mantuvieron ocupadas intentando deshacerse de las bolas de energía. Sin embargo, mientras Dragonite atacaba a esas dos enredaderas, una tercera salió de la nada desde el suelo y lo agarró por la cola.

—Mala suerte, Ash. ¡Me he anticipado a tu movimiento!

Las gruesas y fuertes enredaderas de Rillaboom sacudieron al Pokémon Dragón de Ash de un lado a otro en el aire hasta que se mareó, pero al final consiguió liberarse y cayó al suelo. Se levantó enseguida y se abalanzó contra su rival como si fuese un auténtico misil.

—¡Terminemos con esto! ¡Usa Garra Dragón! —exclamó Ash.

Las garras de Dragonite se iluminaron de verde, pero Lionel ya estaba preparado.

—¡Acróbata!

A pesar de su tamaño, Rillaboom era sorprendentemente ágil, y se puso a saltar y a hacer volteretas para esquivar los potentes zarpazos de su rival. Tras esquivar todos sus golpes, le hizo una zancadilla y el gran Pokémon naranja cayó al suelo y se golpeó la cabeza. Al ver que se quedaba inmóvil, Paco Legiado se le acercó.

—¡Dragonite está fuera de combate! —anunció, y Rillaboom celebró la victoria con un rugido.

En ese momento estaban empatados a tres. ¿A qué Pokémon sacaría Ash a continuación?

—¡Vale, Sirfetch'd, te elijo a ti! —El caballeroso Pokémon apareció listo para combatir, blandiendo su espada de puerro—. ¡Asalto Estelar!

El cuerpo de Sirfetch'd se iluminó y emitió un potente brillo, que cegó al público, y entonces echó a correr hacia Rillaboom.

—¡Fuerza Equina! —exclamó Lionel.

Rillaboom se abalanzó sobre Sirfetch'd, usando muy hábilmente sus grandes manos para impulsarse con el suelo hacia delante. Y se produjo un fuerte BOOM cuando chocaron los dos Pokémon.

—¡Una colisión de cabeza! —gritó el comentarista del Estadio de Ciudad Puntera—. ¿Podrán competir a nivel de fuerza?

Cuando se disipó el polvo, los dos Pokémon estaban luchando. El poderío de Rillaboom se enfrentaba al Asalto Estelar de Sirfetch'd. Ambos gruñían y emitían quejidos, hasta que finalmente Sirfetch'd empujó a Rillaboom hasta la otra punta del campo.

—¡Genial! —celebró Ash.

—Sirfetch'd —dijo entre jadeos el Pokémon.

Rillaboom estaba sentado en el suelo muy quieto. ¿Tal vez el ataque de Sirfetch'd había podido con él? Paco Legiado se acercó para ver si estaba bien.

El Pokémon hizo un pequeño movimiento con el hombro. Y, poco a poco, ¡se levantó! En cambio, por culpa del retroceso de Asalto Estelar, Sirfetch'd no podía atacar de momento.

—¡Fuerza Equina! —ordenó Lionel, y el cuerpo de Rillaboom se iluminó e hizo saltar por los aires a Sirfetch'd.

—¡Súbete al escudo! —reaccionó Ash enseguida.

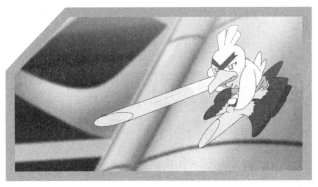

Y así lo hizo su Pokémon. ¡De pronto, estaba surfeando en el aire!

—¡Batería Asalto! —dijo Lionel.

Las enormes enredaderas de Rillaboom salieron del suelo de nuevo, pero esa vez Sirfetch'd consiguió posarse sobre ellas y deslizarse hacia su contrincante blandiendo la espada como un auténtico caballero de justa.

—¡Sirfetch'd, venga, ahora usa Corte Furia, rápido! —exclamó Ash.

Sirfetch'd agitó la espada, pero Lionel le ordenó a Rillaboom que usara Acróbata, así que este pegó un buen salto. Se encontraron en el aire, y Rillaboom apartó a su oponente con un manotazo antes siquiera de que Sirfetch'd pudiera atacarlo. Cuando el Pokémon Pato Salvaje cayó al campo, se formó una nube de polvo a su alrededor.

—¡Sirfetch'd está fuera de combate! —anunció Paco Legiado, el árbitro.

Ash había perdido a otro Pokémon. Respiró hondo varias veces mientras reflexionaba sobre lo que haría a continuación, pero se recordó a sí mismo que ningún combate está perdido hasta el final.

—¡Dracovish, te elijo a ti!

Este apareció en el campo. Los pinchos del vientre todavía le relucían del combate anterior.

—¡Colmillo Hielo, vamos! —ordenó Ash.

Su Pokémon, en el que confiaba plenamente, echó a correr hacia Rillaboom mientras le salía un aliento gélido por la boca.

De nuevo, Rillaboom golpeó la batería y las enredaderas brotaron del suelo para bloquearle el paso a Dracovish, pero este les pegó un mordisco. El Colmillo Hielo las congeló de inmediato, y entonces a Dracovish no le costó hacerlas añicos.

—¡Draco! —exclamó el Pokémon, orgulloso, mientras Rillaboom gruñía por la rabia.

—¡Dracovish, usa Carga Dragón!

—¡Fuerza Equina! —contraatacó Lionel.

Los dos Pokémon se abalanzaron sobre su rival. Al chocar, una fuerte luz emergió de los nuevos pinchos de Dracovish, y la mano de Rillaboom tocó uno de los pinchos y entonces el Pokémon cayó al suelo. Paco Legiado se acercó para examinarlo.

—¡Rillaboom está fuera de combate! —gritó.

—¡DRACOVIIIIIISH! —celebró el Pokémon.

—¡Toma ya, lo hemos conseguido! —exclamó Ash—. ¡Vale, Dracovish, ahora no bajes la guardia!

—¡Cinderace, adelante! —ordenó Lionel, y en el campo apareció su Pokémon, cuya apariencia recordaba a un conejo—. ¡Usa Patada Salto Alta!

—¡Cinderace ahora es de tipo Lucha! —dijo el comentarista.

Cinderace saltó para ejecutar el movimiento y enseguida le dio de lleno a Dracovish.

—¡Y asesta un golpe directo! —añadió el hombre.

—¡Usa Pistola Agua! —indicó Ash, y Dracovish expulsó un fuerte chorro de agua, pero Cinderace lo neutralizó con Balón Ígneo—. ¡Branquibocado!

—¡Cabeza de Hierro!

Los Pokémon chocaron de cabeza en el aire. Dracovish recibió más daños, pero podía continuar el combate, así que Ash decidió su siguiente movimiento.

—¡Terminemos de una vez por todas! ¡Carga Dragón, venga!

—¡Patada Salto Alta!

De nuevo, los Pokémon corrieron el uno hacia el otro, pero Cinderace dio un buen salto para evitar la colisión y luego cayó directamente sobre él. Cinderace se levantó tras el ataque, pero Dracovish permaneció inmóvil.

—¡Dracovish está fuera de combate! —decidió el árbitro.

Con un suspiro, Ash retiró a su Pokémon del campo. Para sorpresa suya, Lionel hizo lo mismo y cogió otra Poké Ball.

—¡Ash, este es mi sexto Pokémon! —anunció—. ¡Charizard, vamos!

El poderoso Pokémon apareció en el campo con un fuerte rugido.

—Así que quiere terminar el combate con Charizard, ¿eh? —dijo Ash. Bajó la mirada hacia Pikachu y le sonrió—. ¡Te toca a ti, colega!

—¡PIKACHU! —exclamó, y echó a correr hacia el campo.

—¿Sabes, Ash? Charizard fue mi primer Pokémon —le explicó Lionel, que se estaba emocionando un poco—. Me ha acompañado en todas y cada una de mis aventuras. Ha sido mi compañero Pokémon desde el principio.

Ash asintió. Sabía exactamente cómo se sentía su talentoso oponente.

—Te entiendo, Lionel —respondió el joven Entrenador—. ¡Yo he vivido todas mis aventuras con Pikachu! ¡Y precisamente por ese motivo quiero que sea él quien gane a Charizard!

—Ya veo, pero ¡ganaremos nosotros! —aseguró Lionel, y una luz hizo que su Pokémon volviera a la Poké Ball—. ¡Gigamax!

La Poké Ball creció en su mano y entonces la lanzó al campo. Cuando apareció el Pokémon de talla gigantesca, el cielo se oscureció y se llenó de los rayos de la energía Gigamax.

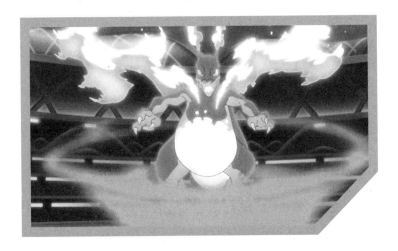

—¡Vamos allá, Pikachu! —dijo Ash, sin perder los nervios—. ¡Usa Rayo!

El Pokémon se iluminó, envuelto de electricidad.

—¡Maxilito! —contraatacó Lionel.

Charizard produjo del suelo una enorme piedra, que sumió en la sombra a una buena parte del estadio, y, a continuación, se inclinó y empezó a caer sobre Pikachu.

—¡Rápido, sal de ahí! —exclamó Ash.

Pikachu echó a correr tan rápido como le permitieron sus pequeñas patas y saltó sobre la estructura rocosa justo cuando esta terminó de caer al suelo.

—¡Cola Férrea, vamos!

Pikachu golpeó a Charizard con su movimiento más potente…, pero no surtió ningún efecto sobre el gran Pokémon de tipo Dragón.

—¿Pika? —preguntó, confundido, y se dejó caer al suelo.

A continuación, gracias a Maxidraco, Lionel y Charizard crearon un viento huracanado de color violeta, que sacudió a todo el estadio con la esperanza de que Pikachu saliera volando por los aires. Cuando el vendaval se disipó, todo el mundo creía que el combate habría terminado, pero Pikachu se mantenía firme, aferrándose al suelo con valentía.

—Buena resistencia —los felicitó Lionel.

—¡La mecánica Dinamax mola un montón! —dijo Ash, y observó su Pulsera Z—. Nosotros tendremos que usar esto.

—¡Pika! —exclamó Pikachu, que estaba de acuerdo. Ash le lanzó su gorra y él se la puso y chocaron los cinco en el aire.

Lionel sonrió.

—¡Estaba esperando esto!

Ash y su amigo Pokémon quedaron envueltos por la energía de los Movimientos Z.

—¡Mucho más que un Rayo! ¡A superplena potencia! ¡Pikachu, usa Gigarrayo Fulminante!

—¡Pika, pika, pika, pika, PIKA!

El poder de Pikachu creció y creció hasta que se

produjo un fuerte estallido con todos los colores del arcoíris.

—¡Gigallamarada! —exclamó Lionel.

Batiendo sus enormes alas, el Pokémon se elevó en el aire rodeado de fuego. Era un combate que tanto Lionel como Ash siempre habían querido ver. ¡Un Pokémon Gigamax contra un Movimiento Z! Y entonces una explosión sacudió el suelo.

—¡Una tremenda cantidad de energía sacude el Estadio de Puntera hasta sus cimientos! —dijo el comentarista.

Las partículas Galar —una energía que solo se produce en esa región— de la atmósfera estaban reaccionando a la excepcional potencia del combate. Incluso después de que se disipara el efecto Gigamax, una gran nube de color negro seguía arremolinándose sobre el Estadio de Puntera.

Tras un rugido que resonó en el cielo, apareció un Pokémon rojo volando entre las nubes. Ash lo reconoció enseguida.

—Eso suena como... —musitó.

—... ¡Eternatus!

Capítulo 7

Tal vez porque había presentido el enorme poder del Movimiento Z Gigarrayo Fulminante y del ataque Gigallamarada, ¡el Pokémon legendario Eternatus había aparecido y estaba sobrevolando el Estadio de Puntera!

Según la leyenda, ese Pokémon antaño provocó grandes destrozos en Galar hasta que un héroe con una espada y un escudo lo detuvo.

—¿Eternatus? —susurró Ash.

—¿Qué está pasando? —preguntó Lionel, que también estaba perplejo.

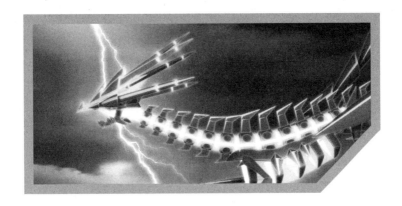

Todo el público estaba boquiabierto observando al Pokémon. El comentarista no se lo creía.

–¿Podría ser realmente Eternatus..., el Pokémon que sembró el caos en toda la región?

Las partículas Galar que había en el aire se comportaban de forma extraña, igual que el Pokémon legendario. Tras sobrevolar las gradas, se posó en el techo del estadio y produjo un fuertísimo estallido de luz y energía. La explosión despejó por completo el cielo negro, y Pikachu estuvo a punto de salir volando por la ráfaga de aire que provocó. Lionel se tuvo que proteger la cara con el brazo, y entonces se percató de que su muñequera estaba brillando otra vez. El Pokémon legendario había presentido que el impacto de los movimientos de Ash y Lionel podría ser peligroso para las partículas Galar que los rodeaban y había acudido para ponerlos a salvo. ¡Y de paso también había recargado sus maximuñequeras! Tan rápido como había llegado, de pronto el misterioso Eternatus se fue.

—¡Alucinante! —exclamó Lionel—. ¡Eternatus nos ha dado una ronda extra!

—¡Sí, mi maximuñequera está brillando! —dijo Ash observando el objeto, orgulloso.

¡Eso hacía que el combate final fuese aún más interesante! Lionel devolvió a Charizard a su Poké Ball y lanzó la Poké Ball de Cinderace al campo.

—¡Gigamax! —gritó.

Era inaudito que un Entrenador gigamaxizara a dos Pokémon en un combate, pero Cinderace apareció, más grande que nunca, y se posó sobre una enorme bola de fuego. Ash lo observaba todo con una sonrisa, disfrutando del reto.

—Pikachu, ¿vamos también a por ello? —le preguntó a su amiguito amarillo.

—¡PIKACHU! —exclamó, de acuerdo con él.

—Muy bien, pues. ¡Vamos a lo grande! ¡Gigamax!

Ash lanzó a su Pokémon al aire... ¡y de pronto el pequeño Pikachu ya no era tan pequeño! Creció más y más hasta que fue tan alto como el mismísimo estadio.

—¡Pi-pi-pi-PIKACHUUUUUU!

Lionel le ordenó a Cinderace que usara Gigaesfera Ígnea, y este asintió, bajó de la bola de fuego con un salto y usó sus destrezas futbolísticas para darle una patada y enviarla de lleno hacia Pikachu.

—¡No vamos a perder de ninguna manera, Pikachu! —dijo Ash—. ¡Gigatronada!

Al dejarse caer sobre el suelo, Pikachu provocó que

el estadio entero se sacudiera. El cuerpo del Pokémon se iluminó, envuelto por electricidad, y disparó un rayo de energía hacia el cielo. Cuando la Gigaesfera Ígnea se le acercaba, Pikachu la atrapó e intentó empujarla hacia su rival, pero el ataque era demasiado fuerte.

Cinderace oyó algo y levantó la vista. Una tremendísima bola de electricidad le caía directa desde el cielo, y tuvo que usar la fuerza de sus dos patas para intentar apartarla.

—¡La Gigaesfera Ígnea de Cinderace contra la poderosa Gigatronada de Pikachu! —dijo el comentarista, y entonces se produjo una explosión—. ¡Ambos han impactado de lleno!

Se formó una nube de polvo alrededor de los dos Pokémon que casi hizo retroceder tanto a Ash como a Lionel. Poco a poco, el humo se disipó y reveló que Cinderace y Pikachu habían vuelto a su tamaño habitual.

—¿Estás bien, Pikachu? —preguntó Ash.

Su Pokémon asintió. Estaba cansado, pero no había sufrido daños. Al otro lado del campo, su contrincante se tambaleó y cayó al suelo.

—¡Cinderace está fuera de combate! —anunció el árbitro.

—¡El enfrentamiento entre los Pokémon Gigamax

termina dándole la victoria a Pikachu! −dijo el comentarista, y todo el público vitoreó y aplaudió a Ash y a su amigo Pokémon.

−¡Pi-ka-chu! ¡Pi-ka-chu! ¡Pi-ka-chu! −coreaban.

Lionel devolvió a Cinderace a la Poké Ball y le dio las gracias. A cada Entrenador le quedaba únicamente un Pokémon.

−¡Muy bien, Ash! ¡Esto se decide ahora! −exclamó, y extendió el brazo con su última Poké Ball−. ¡Ha llegado el momento de usar nuestros ases! ¡Charizard, adelante!

Lanzó la Poké Ball y dio paso al Pokémon Llama. El aterrador Pokémon de tipo dual emitió un rugido escalofriante.

Antes del combate final, Lionel se dirigió a Ash desde el otro lado del campo:

−¡Para llegar tan lejos contra alguien como yo, lo

tienes que haber hecho muy bien! ¡Me estás ayudando a ser incluso más fuerte! Así que, hasta el último movimiento, ¡propongo que le demos aún más caña!

La cola flameante de Charizard se prendió y el Pokémon rugió de nuevo. Pikachu se golpeó las mejillas y se puso a cuatro patas en posición de ataque. La cola le chisporroteaba con electricidad.

—Gracias a ti, nos hemos vuelto mucho más fuertes de lo que ya éramos —respondió Ash—. Este combate es la cumbre de todas las aventuras que Pikachu y yo hemos vivido hasta ahora, ¡y por eso vamos a ganar!

Se había terminado el tiempo para charlar. Ash le dijo a Pikachu que usara Ataque Rápido, mientras que Lionel decidió usar Poder Pasado. Cuando Pikachu echó a correr a toda velocidad, Charizard hizo que del suelo se alzaran unos pedruscos, que salieron disparados hacia su oponente, pero el Pokémon de Ash reaccionó enseguida para esquivar el ataque y usó una de las piedras para impulsarse y golpear a Charizard de lleno en el pecho.

—¡Pikachu asesta el primer golpe! —anunció el comentarista, entusiasmado.

Pero con eso no bastaría para vencer a Charizard. A continuación, Pikachu usó Cola Férrea y se dirigió hacia su contrincante girando sobre sí mismo, creando el efecto de una sierra.

—¡Apártalo! —dijo Lionel, y Charizard se deshizo de Pikachu con un simple golpe de cola. Pikachu salió disparado hacia atrás, pero no se hizo daño—. ¡Usa Tajo Aéreo!

Charizard se alzó y disparó unas ráfagas de aire, que dejaron el campo de batalla hecho trizas, pero Pikachu se agarró al suelo con firmeza.

Entonces el Pokémon de Lionel usó Llamarada para lanzar una bola de fuego hacia su rival.

—¡Electrotela! —gritó Ash, pero la red eléctrica de su Pokémon no fue suficientemente fuerte—. ¡Corre, Pikachu! —exclamó, y el Pokémon Ratón consiguió esquivar la Llamarada con cierto esfuerzo–. ¡Rayo, vamos!

A la vez que Pikachu seguía las instrucciones de Ash, Charizard se había preparado para lanzar otra Llamarada, que hizo que Pikachu se tambaleara hacia atrás. Los dos Entrenadores comprobaron que sus Pokémon estaban bien, pero ninguno de los dos quería darse por vencido.

–¡Cola Férrea! –ordenó Ash.

–¡Charizard, aguanta el golpe! –le dijo Lionel.

El Pokémon Llama extendió hacia los lados las patas superiores con valentía y dejó que su rival le golpeara en el pecho. Para sorpresa de Pikachu, Charizard ni siquiera se inmutó.

–¡Ahora Pulso Dragón! –indicó Lionel.

Pikachu estaba tan cerca que el golpe podría haber sido letal. El ataque le impactó de lleno y Pikachu cayó al suelo, pero tras el ataque estaba más decidido que nunca a ganar.

—¡Esto no ha terminado, acabamos de empezar! —aseguró Ash.

—¡Tengo que admitir que vosotros dos sois los mejores! —rio Lionel—. ¡Muy bien, Charizard, vamos a tope!

Ash y Pikachu estaban preparados para ganar. Con Ataque Rápido, Pikachu echó a correr hacia Charizard a una velocidad extraordinaria y pilló desprevenido al Pokémon Llama cuando le golpeó en el pecho.

De nuevo, Charizard invocó Poder Pasado y unos pedruscos se alzaron del suelo y salieron disparados hacia Pikachu, pero este fue saltando encima de ellos para esquivar los golpes y se subió al tejado del estadio. Charizard enseguida se puso a perseguirlo usando Tajo Aéreo.

—¡Ahora Cola Férrea! —exclamó Ash.

—¡Pika-pika-pika-CHU!

Pikachu giró sobre sí mismo y atacó a Charizard con un golpe eléctrico, pero este lo bloqueó y atacó a su contrincante con Tajo Aéreo. En las gradas, el público estaba boquiabierto. Justo cuando Pikachu aterrizó en el campo y alzó la vista, Lionel ordenó a su Pokémon que usara Llamarada.

—¡Rayo! —contraatacó Ash, pero ya era demasiado tarde. Pikachu no se pudo preparar y quedó engullido por el fuego de Llamarada—. ¡Pikachu!

El pequeño Pokémon Ratón tenía algunos rasguños y quemaduras y le faltaba el aliento, pero se mantenía en pie. Respiró hondo, y el público lo observaba con atención para ver si podía continuar. De repente, se tambaleó y cayó al suelo mientras se le cerraban los ojos. Todo quedó sumido en la oscuridad.

—¡Pikachu!

El Pokémon soñó con todos los increíbles recuerdos que tenía con su amigo Ash. El día que se conocieron, el primer combate que libraron juntos... Y entonces se encontró en un espacio blanco rodeado de todos sus amigos Pokémon: Bulbasaur, Squirtle, Pidgeot, Mimey, Muk, Lapras, Noctowl y muchos más,

que lo animaban y le daban fuerzas. También estaba Ash, que le dedicaba una sonrisa.

—¿Lo ves, Pikachu? ¡Todos nos apoyan!

—Pika... chu.

Sabía perfectamente qué tenía que hacer.

En el estadio, Pikachu se levantó y desató un espectacular Rayo. Envuelto en un orbe de electricidad, se quedó mirando a Charizard.

—¡Ha sido alucinante, Pikachu! ¡Qué pasada! —exclamó Ash, e incluso Lionel parecía contento de ver que Pikachu podía seguir combatiendo. Ash se puso la gorra al revés, señal de que iba en serio—. ¡Vamos a volcar todas nuestras fuerzas en este ataque!

—¡Pika, PIKA!

—¡Rayo, adelante! —dijo Ash.

—¡Llamarada..., AHORA! —gritó Lionel.

Pikachu le asestó un ataque de Rayo a su oponente a la vez que este liberó una Llamarada. Los dos Pokémon iban a por todas, llevando al límite sus poderes. ¡Era la batalla final, un combate que pasaría a

la historia! Entonces se produjo una explosión de luz cegadora cuando los dos movimientos chocaron. Pikachu y Charizard estaban tocándose de frente, luchando por ganar, pero ¿cuál de los dos aguantaría más?

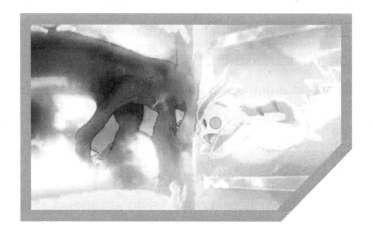

Pikachu cayó al suelo, agotado, pero con fuerzas para seguir luchando, mientras que Charizard se tambaleó con un último rugido y cayó hacia atrás.

El estadio entero se quedó en silencio durante unos instantes, y Paco Legiado se acercó al Pokémon Llama.

—¡Charizard está fuera de combate! —anunció—. Y eso significa que la victoria es para... ¡Ash!

El público estalló en aplausos. Tanto en el estadio como en todo el mundo, los fans coreaban el nombre de Ash, y el chico abrazó con fuerza a su Pokémon mientras la voz del comentarista resonaba bien alto a su alrededor:

—¡Está decidido! ¡Tenemos un nuevo campeón! De la Región de Kanto, originario de Pueblo Paleta..., ¡Ash Ketchum!

Capítulo 8

Los días posteriores a la gran final del Torneo de los Ocho Maestros fueron muy ajetreados. Todo el mundo quería hablar con Ash y felicitarlo, y él estaba contento, pero en el fondo lo que quería era volver a casa. Así que Ash y sus Pokémon volvieron a la Región de Kanto, donde los recibieron con los brazos abiertos sus viejos amigos Chloe y Goh. ¡Tenían que ponerse al día de muchas cosas! Se apresuraron a coger un autobús y estuvieron hablando durante todo el viaje. Al final llegaron a un bosque al que Chloe solía ir con su padre, el Profesor Cerezo. Era un entorno precioso, con árboles frondosos y repleto de Pokémon salvajes, como Rattata y Mankey.

—¡Hay un montón de Pokémon! —exclamó Ash.

—¡Pika, pika!

—¡Eevee!

—¡Sabía que a los dos os encantaría este lugar! —dijo Chloe—. La zona de acampada está un poco más adelante.

Cuando anocheció, se sentaron alrededor de una hoguera a charlar como habían hecho siempre. Chloe se fijó en que Ash y Pikachu comían de la misma manera y se rio.

—¿Sabes? Pikachu y tú sois igualitos —comentó la chica.

—A mí también me lo parece —añadió Goh—. Ambos seguís siempre adelante, y también podéis ser muy cabezones.

Ash se rio y pensó en todo lo que había vivido con su mejor amigo.

—Siempre hemos estado juntos. Desde el inicio del viaje, hemos conocido a muchos Pokémon —explicó—. A algunos los hemos salvado, y otros nos han salvado a nosotros. Y también nos hemos despedido de algunos, pero Pikachu ha estado a mi lado desde el primer día. —Bajó la mirada hasta el Pokémon Ratón, que estaba sentado en su regazo, y lo abrazó—. ¡Es el mejor compañero del mundo!

Goh lo entendía perfectamente, y no pudo evitar observar a su amigo Pokémon, Cinderace.

—A mí lo que más me atrajo de Cinderace es que se esfuerza mucho por ayudar a sus amigos. Me hizo pensar que yo también quería ser así. Y al viajar juntos he visto que es genial poder hacer siempre lo mejor por tus amigos, ¡y también que los amigos son fantásticos!

Se quedaron mirando el fuego un rato, saboreando el momento.

—¡Lo que está claro es que me alegro mucho de que nos conociéramos, colega! —le dijo Ash a su Pokémon.

—¡Pikachu! —exclamó él, de acuerdo.

Tras observar las estrellas durante unos minutos, Ash decidió que era el momento de contarles a sus amigos que quería emprender otro viaje.

—¿Eh?

—Y Pikachu me acompañará, claro.

Goh se quedó perplejo.

—¿Te marchas... sin comentarlo antes? ¿Y sin consultarlo con nadie? —preguntó, y de pronto se le humedecieron los ojos—. O sea, ¡que en realidad no somos tan amigos!

Cogió la mochila y salió corriendo hacia el bosque con Grookey sobre el hombro y Cinderace a su lado.

Ash se sorprendió, y Chloe tuvo que explicarle cómo se sentía su amigo:

—La cuestión es que Goh está muy confundido. Él

también quiere emprender un viaje, pero no se atrevía a decidirlo él solo. Creía que estaría traicionando vuestra amistad. Quizá no eres consciente de cuánto significas para él. Eres el primer amigo de verdad que ha tenido.

Ash corrió a buscarlo en el bosque, llamándolo por su nombre. Cuando lo encontró junto a un gran lago, había empezado a llover. Se quedaron de pie mirándose, sin saber qué decirse, y entonces vieron una luz brillante reflejada en el agua.

—¡Mira esos Metapod! —exclamó Ash, señalando a unos Pokémon de tipo Bicho que habían anidado en lo alto de un gran árbol en medio del lago—. ¡Están evolucionando!

Y presenciaron en primera persona cómo evolucionaban a unos preciosos Butterfree. Después de que los Pokémon se alejaran volando, Goh se volvió hacia Ash.

—Que sepas que todavía no te he perdonado del todo.

—¿Perdonarme por qué? —replicó Ash—. ¿Acaso no tenías pensado marcharte tú solo también?

—Hum. Bueno, yo... Oye, ¿cómo te has enterado? ¡Ah, claro! ¡Chloe, cómo no!

Se estuvieron peleando bajo la lluvia hasta que los

interrumpió un fuerte destello en el cielo, seguido de un rugido.

Al alzar la vista, vieron que había aparecido un enorme Pokémon blanco de tipo Volador, que se les acercó por un instante.

—¡Lugia! —gritaron los dos Entrenadores.

—¿Qué está haciendo aquí? —dijo Chloe al llegar hasta ellos.

—¡Vamos a averiguarlo! —exclamó Ash, y todos ellos echaron a correr tras el Pokémon, que finalmente se posó en un claro del bosque.

—¿Qué vas a hacer? —le preguntó Goh a su amigo.

—¡Pues combatir! —contestó Ash con una sonrisa—. ¿Qué te esperabas? —Sacó una Poké Ball—. ¡Lucario, te elijo a ti!

Con un fogonazo de luz, Lucario apareció ante ellos preparado para el combate. Goh también sonrió y decidió unirse.

—¡Inteleon, adelante!

Y su Pokémon apareció en el claro. Goh miró a Ash y asintió.

—¡Lugia, vamos a hacer una incursión!

Capítulo 9

Lugia soltó un chillido ensordecedor mientras los sobrevolaba. ¡Estaba listo para luchar! Ash fue el primero en atacar, y mandó a Pikachu con Rayo. El pequeño Pokémon amarillo lanzó un disparo de electricidad a Lugia, pero ¡este apenas se percató de que lo estaban atacando! Goh le dijo a Cinderace que usara Balón Ígneo y este arrojó un orbe ardiente, que dio de lleno en el pecho de Lugia. Aunque rugió, el Pokémon legendario no había sufrido ningún daño.

—¡No le ha hecho nada! —se sorprendió Goh.

Lugia se empezaba a preparar para el combate. Les lanzó un fuerte torrente de agua con Hidrobomba, pero Ash reaccionó enseguida y le dijo a Lucario que usara Esfera Aural. A su vez, Goh le indicó a Inteleon que usara Disparo Certero. Sus ataques impactaron contra el chorro de agua, pero el movimiento de Lugia era demasiado potente iy tuvieron que apartarse corriendo para evitar que el agua se los llevara por delante!

—¡Ostras, menuda fuerza! —comentó Goh.

Entonces los dos amigos pensaron lo mismo: para vencer a un Pokémon tan grande y poderoso como Lugia, ¡tendrían que luchar juntos! Se miraron y ambos asintieron, y les ordenaron a Pikachu y Cinderace que usaran Ataque Rápido a la vez.

—¡Pika, pika, pika!

—¡Cinderace!

A Goh se le ocurrió una idea y le dijo a Cinderace que lanzara a Pikachu por los aires. El delantero usó los pies para impulsar a su compañero hasta Lugia, y este aulló al recibir de lleno el golpe eléctrico de Pikachu. Cinderace atrapó al Pokémon Ratón antes de que cayera el suelo, pero no podían perder el tiempo. ¡Lugia iba directo hacia ellos!

—¡Lucario, usa Puño Bala! —dijo Ash.

—¡Inteleon, ataca con Hidroariete! —exclamó Goh a su lado.

Los Pokémon siguieron sus instrucciones, pero el gigantesco Lugia se los quitó de en medio con un simple golpe de cola. Si querían ganar, ¡tendrían que atacar con todas sus fuerzas! Así que usaron el Balón Ígneo de Cinderace, la Esfera Aural de Lucario, el Mazazo de Grookey, el Disparo Lodo de Inteleon y el Rayo de Pikachu. ¡El poder combinado de todos esos ataques golpeó con fuerza a Lugia y provocó una explosión! Goh aprovechó para lanzar una Poké Ball hacia el legendario, pero este la apartó con un Aerochorro tan fuerte que hizo que el suelo temblara bajo los pies de Ash y Goh. De la fuerza de los temblores, el suelo del acantilado donde estaban empezó a agrietarse... ¡y al final provocó un desprendimiento de la montaña!

–¡Aaah! –gritaron todos, y los Entrenadores devolvieron a sus Pokémon a las Poké Ball para asegurarse de que estuvieran a salvo.

El suelo terminó de ceder y los chicos cayeron al vacío...

... pero ¡Lugia voló por debajo de ellos y los atrapó! Parecía que no estaba enfadado con los dos Entrenadores, y dejó que se quedaran en su lomo.

El Pokémon soltó un gruñido amistoso mientras planeaba hacia el horizonte, por donde asomaba el sol, y Ash y Goh observaron a los Pidgeot que volaban a su lado y a todos los Pokémon del bosque que salieron para ver a Lugia.

El combate contra el Pokémon legendario había hecho que los chicos olvidaran su pelea, pero en ese momento Goh quería hablar con su amigo.

—Ash, ¿de verdad podré apañármelas yo solo en este mundo tan grande? Si he conseguido llegar hasta aquí ha sido porque tú estabas a mi lado.

—¿Qué dices? Pero ¡si te han seleccionado para el Proyecto Mew!

Ash le aseguró que podría llamarlo siempre que lo necesitara. Al fin y al cabo, para eso están los amigos, ¿no?

—¡Sí! —exclamó Goh—. ¡Emprenderé una aventura!

Al día siguiente, fueron directos a ver al Profesor Cerezo y le dijeron que ambos iban a iniciar su propio viaje. ¡Cerezo se alegró mucho por los dos y les deseó suerte!

—Pero ¿y qué será del laboratorio? Nos marchamos dos de vuestros colegas investigadores —dijo Goh.

—¡No te preocupes por nosotros! —replicó el Profesor Cerezo.

—¡Nosotros seremos los nuevos colegas investigadores! —añadió una voz detrás de ellos. Al volverse, los dos chicos se encontraron a Chloe y a su Eevee—. ¡Yo también quiero aprender un montón de cosas sobre los Pokémon y su mundo!

Ash y Goh se prepararon para sus viajes y consiguieron meterlo todo en sus mochilas.

Tras una fiesta de despedida con sus familias y amigos (¡y sus Pokémon, claro!), emprendieron esa nueva aventura acompañados únicamente de sus mochilas y de Pikachu y Grookey encima del hombro. Cruzaron la ciudad y al final llegaron a un camino de tierra.

—Oye, ¿ya sabes adónde irás? —preguntó Ash.

—Primero exploraré Kanto más a fondo —dijo Goh—. Hay muchas cosas que todavía quiero ver. ¿Y tú?

—Caminaré y caminaré, divagando sin rumbo, y me dejaré llevar. —Pronto llegaron a una bifurcación y se detuvieron—. Supongo que aquí es donde nos separamos.

Goh sonrió y reprimió una lagrimita.

—Ash, gracias de nuevo por ser tan buen amigo.

Los dos Entrenadores se despidieron y emprendieron caminos diferentes, pero sabían que volverían a encontrarse y que tendrían que contarse un montón de historias sobre todos los Pokémon que habían conocido y contra los que habían combatido. ¡El futuro estaba en la palma de sus manos!

¡ACOMPAÑA A ASH Y A PIKACHU EN ESTAS DOS AVENTURAS POKÉMON ÉPICAS!

FLIPAVENTURA POKÉMON 1

Pokémon

Aventuras en la Región de Galar

El choque de los Gigamax.

Montena

DALE LA VUELTA Y FLIPA

FLIPAVENTURA POKÉMON 2

Pokémon

Aventuras en la Región de Kalos

El secreto de Zygarde.

Montena

DALE LA VUELTA Y FLIPA